投歌選集

過去未来

吉竹 純

河出書房新社

目次

装幀／カバー装画　伊藤哲

投歌選集　過去未来

二〇〇一年

なにものにかならむと二十世紀なにものにもなれず二十一世紀

朝日歌壇　島田修二選

◀三月

天窓の朝の光は食卓のパンを照らせりコーヒーをどうぞ

毎日歌壇　河野裕子選

◀六月

【評】二首目、「コーヒーをどうぞ」が楽しい。雰囲気のある歌だ。

◀七月

開襟の喉さむざむと夏の朝もう会社には行かなくていい

日経歌壇　岡井隆選

消耗せる単三電池の＋極《プラス》ウォークマンで陽水を歌わせし突起

毎日歌壇　河野裕子選

仁丹の香りに目が醒む隣席に父より若く父と似た人

毎日歌壇　河野裕子選

◀八月

地下鉄が朝日を抜ける二三秒神田川なお濃きみどりいろ

日経歌壇　岡井隆選

【評】地下鉄がちょっと地上に出てまた地下へ行く。その「二三秒」をとらえた。通勤時の所見だろう。

油照る向日葵畑首を刈る鎌は風より優しく動く

東京歌壇　佐佐木幸綱選

◀九月

プールよりぬそりと浮かび世界見て河馬はふたたび水中にひそめり

毎日歌壇　河野裕子選

【評】河馬は自意識なんか無いみたいに、ゆったりとおおらかだ。河馬が見た世界はどんなだっただろう。

夢のなき睡りを覚めて一時間いまごろ会社は始まっている

日経歌壇　岡井隆選

【評】休日かなにかの理由で会社を休んだ朝の思い。「夢のなき……」も適確だ。

東京を繃帯のように巻いている高速道路よ一週間のさようなら

【評】お盆で帰省するときの歌と読んだ。

毎日歌壇　河野裕子選

人体は薔薇色の井戸喉ひらき夏の真昼の陽を飲みくだす

東京歌壇　佐佐木幸綱選

余命なき新商品に〝好評発売中〟コピーをつけて家路急げり

読売歌壇　俵万智選

◀十月

ボッティチェッリの春のごとくにあまやかな時は過ぎたりいまは白秋

日経歌壇　岡井隆選

【評】著名な絵画、というより画家の名の日本語離れした響きが生かされている。「白秋」と結んだのもいい。

白壁のごとく立ちたる波に飛ぶサーファーという黒き濡れ鳥

東京歌壇　佐佐木幸綱選

半月と宵の明星寄り添いて地球はどうだい生きているかい

朝日歌壇　島田修二選

◀十一月

最終のプラットホームを月照らし海のむこうは空爆熄《や》まず

毎日歌壇　河野裕子選

ベランダに揃えられたるサンダルの踵のあたりあなたの気配

毎日歌壇　河野裕子選

風ひかる丘を一気に駆けおりてぼくはなったよ五月の飛行機

第六回いのちを育む大地へのうた　佳作　時田則雄選

◀十二月

一度ならず夢は荒野を目指せしもいま眠りいる居酒屋蛸八

日経歌壇　岡井隆選

枯葉舞う大通り旅行代理店大量のパンフレットの無言かな

朝日歌壇　馬場あき子選

廃業せし中華料理店の壁に留む世界人類が平和でありますように

朝日歌壇　島田修二選

二〇〇二年

◀一月

天気図のくもりをあらわす曇り空　窓の外にもひしひし迫る

毎日歌壇　河野裕子選

ただしくも赤に黄色に染まりたる山の秋なり弁当ひろぐ

東京歌壇　佐佐木幸綱選

戦争はテレビのなかで始まりてテレビのなかで終らむとする

日経歌壇　岡井隆選

◀二月

月島の路地裏の空に浮かべるは冷やされた月、高層マンション

東京歌壇　佐佐木幸綱選　月間賞

【評】月島あたりの風景は一変した。路地から見上げる高層ビルと月。「冷やされた月」がうまい。

木造のきいろい都電が雪積んで僕の坂を降りてきたあのころ

産経歌壇　永田和宏選

弁財天へ上る階段あと一歩つまずきたれば宝くじもあたらず

東京歌壇　佐佐木幸綱選

あいというややこしきものがなにげなく五十音図のはじめにある

毎日歌壇　河野裕子選

◀三月

春のひる美術館裏人気なく青空のみがわあっと広がる

毎日歌壇　河野裕子選

【評】美術館の裏という所は不思議な空間である。下の句にその感じがよく出ている。青空全体が降りてきたような。

二〇〇二年　毎日歌壇賞

【受賞作に寄せる言葉】下の句が面白い。対象の摑み方が独特だ。美術館を包みながら、青空全体が降りてきたような。氏は、昨年最も特選回数が多かった。素材の幅の広さと情感のある表現力が持ち味。毎日歌壇に新風をもたらした。

【喜びの受賞者】庭園美術館にいき、たまたま裏口から出て、空を眺めた。人気がなく、空の印象がとても強かった。まだ始めて約二年。ＢＳで河野さんを見て投稿するようになった。三十一音の形式がいい。コピーライター。五十四歳。

夕暮れはさびしきものか百ワット電球あかるく売る箱蜜柑

産経歌壇　永田和宏選

【評】レトロな懐かしい風景だ。上句は一般的な感想だが、下句の記憶から呼びだされるとき、たちまち作者のいまの感慨として立ち上がる。箱蜜柑、そういえばこの頃見なくなった。

カラカラとアスファルトを転がれる無数の落葉われらの世代

東京歌壇　佐佐木幸綱選

ぬるき日の潮香まじりの風を受けゆるゆる渡る佃大橋

東京歌壇　佐佐木幸綱選

東京が壊れしあとのジオラマか霞立ちこむるお台場あたり

東京歌壇　佐佐木幸綱選

静止した花火のやうな夜ざくらが視界領せり雨の匂ひす

毎日歌壇　河野裕子選

【評】桜の花の歌は古今東西うたい尽くされているが、それでも詠みたいのが桜の歌。夜桜の喩がおもしろく、結句、新鮮。

コロラトゥーラ響くごとくに頂《いただき》へ駆けのぼり散るさくらばななれ

日経歌壇　岡井隆選

【評】コロラトゥーラ・ソプラノにたとえて桜花を言ったのがあざやか。

◀五月

初夏の日の街道筋をほわほわと逃げ水みたいにマラソンの列

毎日歌壇　河野裕子選

戦争を知らず生まれし政治家が玩具のごとく扱う戦事

朝日歌壇　佐佐木幸綱選

◀六月

梅雨空が割れて無人のプール照るじっとじっとり重油のように

産経歌壇　永田和宏選

◀七月

夕立が品川駅をつつむときまるき眼鏡の中野重治

日経歌壇　岡井隆選

【評】「雨の降る品川駅」。「中野重治」。ある時代への強いノスタルジアだ。

だれからもメールの来ない携帯に迷惑なんて存在しない

読売歌壇　俵万智選

◀九月

だんだらに燃える夕焼もう夏は終りエレベーターの▼押して待つ

産経歌壇　永田和宏選

【評】読めないが、▼の導入で歌に動きが出た。高層から「だんだらに燃える夕焼」を見たのを夏の終りとして、下へ降りるのか。押すのが▲だと、また歌の雰囲気が随分違ってくる。

夏空へ鶴のごときが競いあいくちばし伸ばす東京の上

東京歌壇　佐佐木幸綱選

【評】東京上空に意外に大きな鳥を見ることがある。鵜だろうか、鷺だろうか。「ごとき」の使い方がポイント。

夏夏夏　光はじける砂利道を息急き降りくる人の顔暗し

産経歌壇　永田和宏選

病室は銅版画のごとしづまりて父の枕べ月光さしぬ

毎日歌壇　河野裕子選

◀十月

ディスプレイにふっと浮きだすきみの言葉泣いていているってわかるよ僕は

読売歌壇　俵万智選

【評】ディスプレイの奥の、言葉の奥の、心が見えるという一首。どんな機械を通していても、コミュニケーションしているのは人間だ。パソコン時代の新しい抒情。

ひっそりと攝津幸彦ねむりをり公共図書館署名本の中

毎日歌壇　河野裕子選

【評】攝津幸彦は若くして亡くなった俳人。人は亡くとも署名は残る。あたかも生きているように。

◀十一月

家中がなにかかゆくてたまらないじんじんじんじんじん降る秋の雨

毎日歌壇　河野裕子選

【評】家中がかゆくてたまらないという妙な体感。雨が「じんじんじんじん」降ると言っているところが面白い。

ようやくに薄日さすとき秋の暮影もひかりぬ家々の壁

産経歌壇　永田和宏選

【評】初句「ようやくに」第四句「影もひかりぬ」がうまい。ようやくという感じで差してきた薄日に、壁には影さえも光るように感じられる。秋の夕暮れの、寂しさのなかの華やぎ。

やはらかに雨脚はしる石畳あらはれてくる外《と》つ国の船

毎日歌壇　河野裕子選

【評】雨に濡れた石畳を見つめながら歩いていると、ふと外国の船が見えてきた。時空を越えて思念が遊ぶ。

二〇〇三年

◀一月

「生きる者の記録」遺せし病室の窓はいづれか無縁坂ゆく

毎日歌壇　河野裕子選

【評】佐藤健記者の連載はこころに沁みるものであった。再連載を切に望んでいるのは私だけではないと思う。

◀二月

牛乳を流したやうな冬がすみ白富士とてもソフトクリーム

毎日歌壇　河野裕子選

【評】富士山を詠んだ歌は多いが、こんな歌は初めてだ。下の句、意表をついているだけでなく、とてもおいしそう。

早春の切通し抜け夢なれば夢のごとくに海原が見ゆ

毎日歌壇　河野裕子選

【評】夢のなかで夢のように海原を見ているという感覚は夢ならではのもの。

電子辞書一発検索する間に跳びこえし言葉いかほどあらむ

読売歌壇　俵万智選

【評】手でめくる辞書なら、次の語へ移るときに、なんらかの他の言葉が目に入ってくる。その寄り道がまた、豊かな時間をもたらすこともある。便利さのなかの味気なさが、うまく言い当てられた。

◀四月

青鮫氏同令夫人犬吠埼沛雨《はいう》岩礁至急電

産経歌壇　永田和宏選

◀五月

さみどりの谷間に懸る万国旗ちひさき町の運動会美《は》し

毎日歌壇　河野裕子選

◀六月

両耳に蓋して聞くは誰ならむ通勤急行モーニング娘。

東京歌壇　佐佐木幸綱選　月間賞

【評】ヘッドホーンから洩れるサウンドが、電車の中に流れる。上句のアイロニーが持ち味。

ベッドから逆Vの字で落ちんとすジーンズは細ききみの抜け殻

産経歌壇　永田和宏選

不思議なる二十一世紀の日曜にギリシャ時代と同じ投擲《とうてき》

産経歌壇　永田和宏選

【評】上句の語の繋がり具合の不安定さが面白い味を出し、それがあるから下句の「ギリシャ時代と同じ投擲」が生きる。砲丸か槍投げか。なるほどちっとも変わっていない、という発見。

黄昏《たそがれ》にあぢさゐあはく抱かれて墨色となり階のぼりくる

毎日歌壇　河野裕子選

釘を打つ音しづかなる昼さがり今宵出る月いづこに眠る

毎日歌壇　河野裕子選

◀八月

百年の孤独のような夏の駅だれも降りない風も乗らない

産経歌壇　永田和宏選

◀十月

ＣＤの全曲終りし静寂をおもむろに乱す豆腐屋の喇叭

日経歌壇　高野公彦選

◀十一月

紺青のガーゼのごときやさしさで地球つつめる母なる海よ

朝日歌壇　馬場あき子選

柿の木の影重く差す坂道の家過ぎるとき私に出会ふ

毎日歌壇　河野裕子選

遠からず老人ホームにあしたのジョー、おそ松くんら氾濫すべし

産経歌壇　永田和宏選

◀十二月

夕日追ふ新幹線の窓の辺に取り残されし伊藤園のお茶

日経歌壇　高野公彦選

【評】誰かの忘れていったお茶のボトルが、ひとりで夕日を追って旅を続けている不思議な光景。

両の手で掬《すく》う冬の日さらさらと生命線よりこぼれてやまず

読売歌壇　俵万智選

二〇〇四年

てのひらの燃えるひとときわれのみが知る　冬空をびっしりと雲

産経歌壇　永田和宏選

◀一月

幾万と地震《ない》で死ねども最後には「では全国の明日の天気です」

毎日歌壇　河野裕子選

◀二月

一日を過去へ過去へと流しゆく時代というもの見えぬ怪物

朝日歌壇　島田修二選

ニューヨーク株式市場の上げ下げに鏡のごとく映れる東京

日経歌壇　岡井隆選

めでたくも父親開業二十年記念ワインをみんなで飲もう

産経歌壇　永田和宏選

◀三月

くれないの夕日とならび歩きつつもう少し肩をあたためようか

読売歌壇　俵万智選

◀四月

長堤にのどかに歌う時代ありき「戦争を知らない子供たち」

産経歌壇　永田和宏選

文字校正うつらうつらにペンの音ひとりの灯り大会議室

産経歌壇　永田和宏選

◀五月

眠られぬ夜の病室孤独なる哲学者たり明日を思う

朝日歌壇　近藤芳美選

がんばれとたった一言手術前息子から来たメールちらつく

東京歌壇　佐佐木幸綱選

病室の窓にひろがる夏の空この紺碧を見し人いくたり

読売歌壇　俵万智選

【評】「この紺碧」に深い思いがこもる。病気になって初めて見えてくる空の色。しかし同じようにこの空を見上げてきた人達がいるのだ。結句の字余りが、その人達への強い共感を示して印象に残る。

病室の眠れぬ夜に思い出すキルケゴールの銅像立つまち

産経歌壇　永田和宏選

東京はいまだ廃墟の途中なり更地に抜ける澗れた青空

朝日歌壇　馬場あき子選

お笑いは免疫力を高めると聞けばこの際高座へ参る

産経歌壇　永田和宏選

◀八月

サーファーの影あまた燃ゆしわくちゃのセロファンにして海は夕焼け

読売歌壇　俵万智選

【評】大きな景色が、光と影の対比で、印象的に捉えられた。特にセロファンの比喩がいい。海面の光と影の部分を、この一語が鮮やかに表現。サーファーとセロファンの音の響きあいも、隠し味だ。

唯一の被爆国あれば加爆国ありおのおのにひとしき歳月

朝日歌壇　島田修二・佐佐木幸綱選

またひとり癌に倒れし友ありて同窓会の夏さむくなる

朝日歌壇　馬場あき子選

涙腺のゆるむテレビにふと思うソ連の遺伝学者ルイセンコ氏

産経歌壇　永田和宏選

コロシアム暗き舞台にサーカスの熊は踊りぬ「白鳥の湖」

朝日歌壇　馬場あき子選

炎昼のビジネス街に丸善の詩歌の棚は静かなる森

日経歌壇　岡井隆選

直立する体幹ゆらり鈍角に男の幹のかなしかりけり

産経歌壇　永田和宏選

東西線南北線が交差する飯田橋駅メトロのおへそ

東京歌壇　佐佐木幸綱選

受身形・主語なき日本に生きたれば「失はれた十年」の当然

日経歌壇　岡井隆選

◀九月

はろばろと都のみなみ港町熟した夕日が沖をころがる

東京歌壇　佐佐木幸綱選

◀十月

◀十一月

抽出しをひけばソーラー電卓の液晶窓にゼロが点れり

読売歌壇　俵万智選

【評】抽出のなかに窓がある、という構造がおもしろい。それも、太陽を求めている電卓の窓である。ゼロはＳＯＳとも、自前の太陽とも見える。

変へしもの捨て去りしもの新幹線豊葦原《とよあしはら》を四十年走る

日経歌壇　岡井隆選

ぼくなどをどこのだあれも見ていない　のに気をとられ蹴つまずきたり

読売歌壇　俵万智選

ミルフィーユのごとくに音は重なりてふいに溶けだす協奏曲よ

東京歌壇　佐佐木幸綱選　月間賞

【評】曲が展開するときの感じを、思い切った比喩で表現した。意外性が楽しめる。

◀十二月

某大を出て子会社の専務なす友の屈託酒しずかなり

産経歌壇　永田和宏選

決然と湧く愛のごとある歌集求めて古書街さまよい果たさず

産経歌壇　永田和宏選

二〇〇五年

ひとりという飛ばない鳥がいるという寺山修司のアフォリズム　冬

日経歌壇　岡井隆選

【評】なるほど「ひとり」という鳥がいる。修司を用いて「冬」の自分の姿を画き出した。

年をとるとは水をうしなふこと小島なおの歌よみてさう思ふ

日経歌壇　栗木京子選

【評】小島なおさんは昨年の角川短歌賞受賞者で十八歳。

演劇科卒業公演前にして息子の帰宅昔の俺だ

東京歌壇　佐佐木幸綱選

◀二月

筒にゐるカレンダーすんと引き抜けば二〇〇五年のインクの匂ひ

日経歌壇　栗木京子選

【評】時間の変わり目というのは直線的な勢いをもっている。「すんと」が印象的。

水曜の冬のひざしを額に受け〈すべて我がため〉猫は眠れる

産経歌壇　永田和宏選

線路なき空をのぼれる銀色の三百トンのなかにわれあり

朝日歌壇　高野公彦選

ＧＳはグループサウンズ息子よ角のガソリンスタンドじゃない

産経歌壇　永田和宏選

にっぽんのテレビニュースの清潔さ遺体隠して悲惨を見せぬ

東京歌壇　佐佐木幸綱選

◀三月

ふるふるのブラウスまといブルースを歌う世界は黒色火薬

東京歌壇　佐佐木幸綱選

英会話ローン牛丼ハンバーガーここはどこかのすべての駅前

産経歌壇　永田和宏選

朝からの模擬試験を受けて来し子は着替へずに眠りゐるなり

毎日歌壇　河野裕子選

ラマルクの用不用説このところわが身せつなく首肯するなり

産経歌壇　永田和宏選

喉鳴らしわが手の小指吸ひやまぬ子猫は母の乳首を知らず

毎日歌壇　河野裕子選

残照を胸の奥処《おくど》に抱きつつまた歩みだすこの春の朝

日経歌壇　岡井隆選

新聞の訃報《ふほう》欄が留む数行の「の父」「の母」の簡素な生涯

読売歌壇　俵万智選

【評】人の一生を、数行で語り尽くすことなど到底できないが、だからこそ一言の経歴にはインパクトがある。「の父」「の母」という切り口に、作者のセンスが光る。

金時計龍頭《りゆうず》捻れば歯車に息《やす》みし時間ヒクンと動く

産経歌壇　伊藤一彦選

【評】長く使わなかった時計の龍頭を久しぶりに捻ったら針が動き出したのである。「歯車に息みし時間」の捉え方に工夫があって面白くなるほどと思う。「ヒクンと」も言い得て妙。

新しき墓地に佇む一族を笑みてつつみぬふるさとの春

東京歌壇　佐佐木幸綱選

肩ならべ入社せし名が点点と早期退職者のリストにありぬ

毎日歌壇　篠弘選

幾億の猫のなかなる一匹が膝の上にて春眠りをり

毎日歌壇　河野裕子選

◀五月

神様にも誤謬《ごびゅう》あるよと桜いふ桜がいへばほんとと思ふ

産経歌壇　小島ゆかり選　今年の五首

【評】「神様にも誤謬あるよ」と思っているのは本当は作者なのかもしれない。が、それをあえて桜に言わせたところ、まことに卓抜なアイデア。「桜がいへばほんとと思ふ」、私も。

耳までも緊張し赤くなりたりし大会議室が備品庫となる

毎日歌壇　篠弘選

【評】企業が変貌する、その渦中にあったことが如実にわかる。みずからのプランを発表した際の、新鮮な緊張感を懐かしむ。

退職をする日の勤務終へんとしメールアドレス閉鎖されたり

毎日歌壇　篠弘選

【評】最終日のショック。定刻とともに、電子メールの自分の宛先が消滅する。その手際のよさに驚愕と感傷とが交錯する。

遅れたよ遅れてきたよいろいろとたとへばけふの日替りランチ

産経歌壇　小島ゆかり選

幸せの一週間を編むならば金曜日はきみと桜をみた日

日経歌壇　栗木京子選

てのひらに赤外線のあてられて静脈模様が暗証らしい

東京歌壇　佐佐木幸綱選

さいたま市さぬき市つがる市平仮名の地名の殖えて地霊《ちれい》追はるる

産経歌壇　小島ゆかり選

ガス弾を浴びし黒髪いまはもう涼しき銀河となりて梳かれぬ

第十一回与謝野晶子短歌文学賞　文部科学大臣奨励賞
選者賞　篠弘選　入選　伊藤一彦選

【評】かつて大学紛争のデモ隊において、機動隊のガス弾をうけた作者。意気軒昂であった自分を思い出す。いまや白髪が入り、髪の減ったことを自嘲する表現にも、適切な暗喩が駆使される。ひそかに自恃の念がつらぬかれる。

次回は森敦「われ逝くもののごとく」です。忽然と逝けり平岡篤頼氏

朝日歌壇　佐佐木幸綱選

【評】五月十八日に急逝した仏文学者・平岡篤頼氏の早大公開講座を十七日午後に受講した作者の感慨。平岡氏はその十時間後に他界された。

イタリア語過去未来なる時制あり帰りたし過去における未来に

日経歌壇　岡井隆選

69

フランス語ではスワサントヌフ諏訪さんは子猫にヌフと名づけた

ＮＨＫ学園伊香保短歌大会　佳作　長澤ちづ選

尿検査、ＣＴ検査とすすみきて考へる時間のなきがうれし

産経歌壇　伊藤一彦選

連休の日は「ルノアール」の窓ぎはに元同僚とまどろみてゐる

毎日歌壇　篠弘選

◀七月

「疑ひ」がとれて全貌あらはるる診察室の輝くフィルム

産経歌壇　伊藤一彦選

桜蝦《えび》あはれ器の水にゆれ誰も帰らぬ厨《くりや》ゆふぐれ

産経歌壇　小島ゆかり選

真夏日は猫とならびて板張の床にねころぶ久しぶりだな

朝日歌壇　佐佐木幸綱選

◀八月

診察を受けて思ふは五年物定期預金を買ふべきか否か

産経歌壇　伊藤一彦選

【評】診察の結果、或る病状があったのだ。これから自分が何年元気であるかの不安を「五年物定期預金を買ふか」どうかという具体で歌ったのがよい。歌い方はきっぱりしている。

ホルンから音符ほろんとこぼれをり夏の校庭しづまりかへる

NHK学園古今伝授の里短歌大会　大賞
特選　大塚寅彦選　秀作　武下奈々子選　佳作　柴田典昭選

【評】ホルンから零れるのが音でなく音符であるという詩的把握が、「ほろん」というオノマトペで生きた。夏休みの学校の静けさがはっきりイメージできる楽しい一首である。

内心の監視カメラが必要となる日も来るかテロ防ぐため

日経歌壇　栗木京子選

【評】心の中まで監視される日がやがて来るのかもしれない。戦慄を湛えた一首。

いつかみた骨格標本血と肉にくるまれ泳ぐプールまぶしき

朝日歌壇　高野公彦選

死んでいるカラスを鴉食うて居る新宿路地裏いまもアナーキー

東京歌壇　佐佐木幸綱選

玄関に濡れたる傘の干してあり男傘と女傘すこし離して

毎日歌壇　篠弘選

修繕をリフォームといへばなにかしら高級さうで高額ならむ

産経歌壇　小島ゆかり選

超高層くだりきたればなつくさのしんと鼻腔へ匂ひたちくる

毎日歌壇　篠弘選

【評】エレベータから降り立った瞬間の、はげしい草いきれの感触に自分を取りもどす。都市生活者の土への憧れがひそむ。

駄菓子屋の屋根の彼方に灯籠のごとく泛《うか》べり高層マンション

読売歌壇　俵万智選

【評】下町の風情を残す一角を、見下ろすように建つ高層マンション。都会の風景の切り取りが鮮やか。灯籠の比喩も、駄菓子屋との取り合わせで効いている。

しづかなり水のごとくにひろがれる街の舗道に影のなき夏

毎日歌壇　河野裕子選

改革の掛け声高き国原《くにはら》をリフォーム詐欺の跋扈するなり

日経歌壇　栗木京子選

膝を折り靴紐結び終へしとき夕焼世界の大きぞ打ちぬ

日経歌壇　岡井隆選

◀十月

閉館のライトが点けば立ち上がりダビデの腕は石を掴《つか》みぬ

読売歌壇　俵万智選

【評】アカデミア美術館のダビデ像だろう。閉館中は、石投げの名人も、一休みしているのだという空想が楽しい。世界中の人から毎日鑑賞されていては、さすがの名彫刻も疲れるだろうから。

二〇〇五年　読売歌壇年間賞

【評】目には見えない世界を形にすることも、言葉の力のひとつだ。閉館中の彫刻を想像する視点が、ユニークな一首だった。今にも動き出しそうな像だからこそ、この想像の世界が説得力を持つ。つまり、生きているような彫刻への賛辞とも読むことができる。

静かなる瀑布のごとき夕焼がガラスウォールのビルをラップす

東京歌壇　佐佐木幸綱選　月間賞

【評】硝子壁面のビルをつつむ夕焼。不思議な光のドラマを、ラップを持ちだして表現した意外性。

すこやかな夜を過ぐしし朝顔のつゆけきひかりエロスタナトス

日経歌壇　栗木京子選

東京に取り残されて欣快ぞ朝の車内に歌集をひらく

毎日歌壇　篠弘選

学友の父の死を聞きバスを待つ娘は妻の喪服着てをり

産経歌壇　伊藤一彦選

新しきプリンター載る自転車の荷台支へて息子と帰る

毎日歌壇　河野裕子選

音消して政治討論会見てみればからくり人形見得を切りたり

日経歌壇　栗木京子選

◀十一月

台風の暴れし街路くちなはのごとく電線垂れてぬめぬめ

毎日歌壇　篠弘選

【評】電柱から垂れ下がる電線。蛇の湿った肌のように光るという描写が鋭い。台風に襲われた街の臨場感が明示される。

長すぎるキリンの影が子を溶かし明日のことはだれも知らない

朝日歌壇　永田和宏選

【評】キリンの影にすっぽり飲み込まれてしまった子、その影からかすかな不安がよぎったのだろうか。下句への連接のわからなさに奥行きの感じられる歌。

きらきらとＣＤまはる秋の湾夜はしづかなレコードなりき

産経歌壇　小島ゆかり選

二十年の昔をともに勤務せし後輩らみな部長の名刺

毎日歌壇　篠弘選

ボランティア去りて復旧する人のいづれも老いて大地に生きる

産経歌壇　伊藤一彦選

◀十二月

一生の通帳あらばひらきたし利子は問はずよ満期の日付

産経歌壇　伊藤一彦選

【評】発想がユニークである。「満期の日付」とは、生きぬいた人生の最期の日だろう。それは誰にも分からぬから、かく歌っている。「利子は問はずよ」の表現も含蓄に富む。

つがる市よ四国中央市よさくら市よ伊豆の国市よ地霊帰れぬ

朝日歌壇　高野公彦選

【評】平成の大合併が進められ、歴史ある多くの地名が消えた。そのことへの嘆きを「地霊帰れぬ」で表現した。

膨大なメール一瞬に消え去りぬ　なんだか雨上がりの空のよう

読売歌壇　俵万智選

比叡越え近江へ抜ける雨脚のしのびやかなり冬の装ひ

日経歌壇　栗木京子選

二〇〇六年

◀一月

やはらかき子のぬくもりが呼びさますリンゴの夕べオレンジの朝

産経歌壇　小島ゆかり選

たそかれの庭ほの白し裸木の二の腕あたり冬の三日月

日経歌壇　栗木京子選

ラジオより「イマジン」流れ静かなりお昼休みの建築現場

産経歌壇　小島ゆかり選

◀二月

かなしいもさびしいもまた triste とイタリア語いふ冬の響きよ

産経歌壇　小島ゆかり選

【評】「トリステ」を冬の響きと捉えた感覚と情感の豊かさに瞠目する。微妙なニュアンスを言い分ける日本語と、一語に籠めるイタリア語。作者の思いの深さが滲む。

法律にかく美しき響きよき言葉あるとは風説の流布

朝日歌壇　永田和宏選

【評】「風説の流布」などという法律用語があったのかと驚きを歌う作者。歌いにくい素材を一語の響きにこだわって成功した。

飯粒のごとき利率をウインドーに飾り立てたる冬の銀行

毎日歌壇　篠弘選

【評】預金者にとって低金利の時代がつづく。「飯粒」の比喩は、0の多い利率を嘲笑したもので、その視線が鋭い。

水槽の金魚一群《ひとむれ》見てをれば殺し合ひするヒトといふ属

産経歌壇　伊藤一彦選

【評】狭い水槽の中を金魚達が静かに泳いでいる。何でもない上の句の光景だが、その光景に思わず見入ってしまうのは「殺し合ひ」の人間の世界に作者がうんざりしているからだ。

役職を解かれし友に真向かへばコーヒーカップの把手《とって》がほてる

毎日歌壇　篠弘選

箱根から復路を降りてゆくあたり四十代かな（少し甘いか）

東京歌壇　佐佐木幸綱選

シースルーエレベーターは降りてきて春の光を地上に蒔きつ

朝日歌壇　佐佐木幸綱選

風のなき冬のベンチに横たはれば世界はなんと音楽であるか

毎日歌壇　河野裕子選

◀三月

乱丁も予定のやうに空白のページがつづきぬ『なよたけ抄』は

毎日歌壇　篠弘選

就活娘《しゅうかつこ》と受験息子をかかへればわれより多きダイレクトメール

産経歌壇　伊藤一彦選

◀四月

一粒が三〇〇〇円のチョコめぐり二月の会議やや盛り上がる

読売歌壇　俵万智選

【評】つまり、そんなことでしか盛り上がれない会議のつまらなさが、一首の眼目だろう。「やや盛り上がる」という表現の皮肉が効いている。

図書館の廃棄本棚春の日に『思い出トランプ』凭れてをりぬ

NHK学園多摩武蔵野短歌大会　佳作　池田はるみ選

春場所も川の四股名の関取はをらぬよ日本に川は消えたか

日経歌壇　栗木京子選

ためいきのたまねぎいろのたたなづく大和の春のあまきゆふぐれ

産経歌壇　小島ゆかり選

春の日の団地ベランダ百枚の舌が垂れをりだらだんだらり

毎日歌壇　篠弘選

◀五月

抽出しの奥より無言で這いだすはテレフォンカード未使用二枚

読売歌壇　俵万智選

◀六月

散歩道せせらぎさへもデザインされ都市はひろがる初夏の空

産経歌壇　伊藤一彦選

祝宴のワイングラスの昏倒し緋色とろとろ流るる五月

ＮＨＫ学園伊香保短歌大会　秀作　菊池敏夫選

その先になにが見えるか頭《ず》を垂れて謝罪会見する関係者たち

毎日歌壇　篠弘選

母の齢《よわい》七年前に越えたれど父までのあと十年はいかならむ

産経歌壇　伊藤一彦選

◀七月

はじまりは和紙を漉くごとゆっくりと終りは洋紙をビリリと破る

読売歌壇　俵万智選

【評】はじめるときは慎重に、終わるときには潔く…。恋愛のこととも、またその他の人間関係とも、さまざまに読めるところが魅力だ。和紙と洋紙という対比も、とても効いている。

かなしみが吃水線《きっすいせん》を超ゆるとき海へ行きたし遠けれど海は

産経歌壇　小島ゆかり選

完敗の一夜が明けて列島に始発電車の扉はひらく

朝日歌壇　永田和宏選

青春にわれは歌はずニキビに効くクリームのコピーなどを書きゐき

毎日歌壇　篠弘選

◀八月

飛ぶ鳥のみな美しき見てをればダ・ヴィンチ手稿線の鋭さ

毎日歌壇　河野裕子選

恋文と通知書ひそと語らひつ郵袋《ゆうたい》ゆるる夜の貨物室

産経歌壇　小島ゆかり選

図書館の地下開架棚あたらしき明りが洗う隈なく清く

東京歌壇　佐佐木幸綱選

露にぬれ輝くものの思ひ出に朝顔ありき杳《とお》き昭和の

日経歌壇　岡井隆選

ピリオドを打つがごとくに雨激し喪服の列はじりじり動く

産経歌壇　伊藤一彦選

睡魔氏が油のやうにかぶさりてやがて溶けだす夏の日の午後

日経歌壇　栗木京子選

ガラス割れ夏の日ぢかに射してをりだれも弾かない足踏みオルガン

NHK学園古今伝授の里短歌大会　佳作　大辻隆弘・河野裕子選

◀九月

やがてみな勤務先などなくなりて昔の一人に帰る日近し

産経歌壇　伊藤一彦選

消費税なきころ版を起こされし歌集が丸善の棚に残れり

毎日歌壇　篠弘選

ゆふぐれにあしたの晴を告ぐるとき気象予報士一時ほほ笑む

産経歌壇　伊藤一彦選

ぬるき風まつはる汗の散歩なり台風逸れし休日の午後

産経歌壇　小島ゆかり選

◀十月

『木村伊兵衛のパリ』を開けばアナログのよき手触りの空気感あり

朝日歌壇　佐佐木幸綱選

池袋にオープンエアのカフェの席街のどこかが歯ぎしりしをり

毎日歌壇　篠弘選

皮膚切れば血の出ることを知らぬまま育つ園児か隣で笑ふ

第三十五回全国短歌大会　佳作　篠弘選

ｉＰｏｄのイヤフォン挿せば少しだけ緑したたる若木の気分

読売歌壇　俵万智選

団塊の同窓会は帰途につく身にぽつぽつと親族《うから》欠けつつ

朝日歌壇　佐佐木幸綱選

◀十一月

絆とは見えぬものゆゑゆふまぐれメールを飛ばす千の手　渋谷

日経歌壇　栗木京子選

【評】千手観音ならぬ人間の手はどれも携帯電話を握っている。「渋谷」が効いている。

真向ひに東京湾を眺めつつ秋のランチはいろとりどりに

日経歌壇　岡井隆選

きぬぎぬのスーツも往かん六本木ゼブラゾーンを秋風わたる

読売歌壇　俵万智選

一枚のガラスを隔てゆふぐれに風とコーヒー、自転車と少女

毎日歌壇　河野裕子選

虫の音のきゅるきょるきゅると窓ぬけて机の下には猫が寝ている

読売歌壇　俵万智選

お茶の水博士の髭のごと振り分くる稲架《はざ》の影濃し甲斐の山里

日経歌壇　栗木京子選

階段を降りる途中に忘れたりホームへ戻れどわが歌をらず

毎日歌壇　河野裕子選

◀十二月

古本のカバー外せば肌白きミロのヴィーナス隠れてをりぬ

毎日歌壇　篠弘選

【評】美術書の古本を手にしながらの、新鮮な発見。大理石の裸婦像がきらきらしい。目の洗われる思いで仕事に着手する気分。

晩秋へ繰りだす生家の雨戸かな霧にゆれつつ夢に閉まりぬ

毎日歌壇　河野裕子選

自由席徐々に右から埋められてそこはかとなくさびし敷島

朝日歌壇　永田和宏選

二〇〇七年

◀一月

絶え間なくシャワーのごとくふる雨をそのまま裸体に浴びしことなし

日経歌壇　岡井隆選

【評】よくわかる感覚だ。それをわざわざ一首にしたてたところがおもしろかった。

おだやかに大和三山春迎ふ昭和十九年もおそらく

産経歌壇　伊藤一彦選

なつかしき郵便番号三桁《けた》なり旧《ふる》き賀状に指はとまりつ

読売歌壇　俵万智選

つれあひを失くせし手袋改札の途次に落ちゐて叫ぶことなし

産経歌壇　小島ゆかり選

◀二月

風花のごとく遥かに消えゆけり昭和六十四年わづか一週間

毎日歌壇　河野裕子選

ブラインド調節する子の楽しさう冬の光の硬くやはらかく

産経歌壇　小島ゆかり選

寒茜この東京へ美しきドーム降りきてビルら溶けゆく

東京歌壇　佐佐木幸綱選

書斎より発掘したる雑誌にはカメラ構へて志ん朝が立つ

毎日歌壇　篠弘選

寒天のやうにふるふるふるふるへしは暗闇ふかき我が二十歳なり

毎日歌壇　河野裕子選

岩を嚙む能登のわたつみ波の花かの世にも飛べかの世のあらば

日経歌壇　栗木京子選

アッサムの春は寒かろ香をひらく紅茶ポットに毛糸の帽子

読売歌壇　俵万智選

【評】アッサムは、インド北東部の紅茶の産地。紅茶をいれながら、その紅茶のふるさとに思いをはせる豊かな時間。湯が冷めないようにかぶせる帽子が、小道具としてうまく効いている。

電柱に電柱広告募集する看板かかり春はあけぼの

日経歌壇　岡井隆選

【評】よく見る風景をとらえて、必ずしも好いとはいえぬ景気を暗示した。結句が皮肉にきこえる。

残業の社屋を出れば創業者の像そのままに笑はぬ守衛

産経歌壇　伊藤一彦選

【評】会社に創業者の銅像がよく立っている。厳しい顔つきのものが多い。この歌は「創業者の像そのままに」の後に「笑はぬ守衛」が来てユーモアが出た。作者も笑わずに！退出。

JRさん作家さんなんでもさんをつける昨今さんが伴へる惨

毎日歌壇　篠弘選

【評】目や耳を蔽いたくなる、昨今の惨憺たる世相をなじる。「さん」のことば遊びを巧みに生かした、皮肉っぽい表現。

新製品ビルにもありて春うららガラスウォールの外観まぶし

東京歌壇　佐佐木幸綱選

京都への「のぞみ」待ちつつ蘇る初代「ひかり」のおどけた鼻先

毎日歌壇　河野裕子選

山肌をざっくりばらん切り開き雪崩のごとしニュータウンみゆ

東京歌壇　佐佐木幸綱選

新幹線テロップニュースのなかにさへ誤植流るるをわが見逃さず

毎日歌壇　篠弘選

◀四月

【評】文章表現にかかずらう者の習癖。気楽に見てはいない。ただちに表記のミスを訂正したい思いにかられる、因果な職種。

目を閉ぢてヘッドフォン当て耳塞ぎ隣りに座る息子といふもの

毎日歌壇　河野裕子選

【評】難しい年代の息子。「息子といふもの」としか言いようのない時期、親は黙って傍に居るしかないのだ。

つぎつぎに門灯ともるこの路地のセンサーがわれの姿を捉ふ

毎日歌壇　篠弘選

【評】にわかにセンサーの灯に照らし出された姿態。虚をつかれた一瞬で、拒まれたような、逆に迎えられたような気分か。

春雷のあとのしづけさパソコンは烏賊《いか》のやうにてひんやり光る

産経歌壇　小島ゆかり選

なりはひの暦のごとく巡りくるＣＴ検査そのほかのもの

産経歌壇　伊藤一彦選

◀五月

ひとときのローブ・デコルテ花ふぶき戦後終らば戦前ならん

読売歌壇　小池光選

人生にとりて会社にある時間ながくしていま伸びをせむとす

毎日歌壇　篠弘選

背の低き箪笥《たんす》ほどなるステレオを床の間に置きし生家まぼろし

産経歌壇　伊藤一彦選

朝刊のポストに落ちる音ひびき坂の家々ゆっくり目覚む

ＮＨＫ学園伊香保短歌大会　秀作　大島史洋選　佳作　田中槐選

身のうちに未来のひとを波に乗せきみは歩むよはつなつの街

読売歌壇　俵万智選

【評】妊婦さんが、ゆったりと歩く姿をとらえたものだろう。上の句の、詩的で婉曲で畏敬に満ちた表現が印象的だ。はつなつの光が、後光のようにも見えてくる。

ステレオのレコード初めて聞きしとき轟音の列車右から来たる

毎日歌壇　篠弘選

【評】日本で発売になったのは昭和三十三年か。下句の大胆な比喩的表現は、いかに立体的な音響に圧倒されたかを抽象化。

墜落のヘリコプターを取材するヘリコプターは墜落せぬか

読売歌壇　小池光選

【評】奇妙な味わいがあって気にかかる歌。ヘリコプターのみならず現代の文明にはこんな奇妙さがいろんなところにあるのではないだろうか。

通過する急行を待つ一分間　今夜も正しく追い抜いてくれ

読売歌壇　俵万智選

青葉照るカフェテラスの片隅に妻は笑むなりパリに棲むがに

毎日歌壇　篠弘選

【評】かつて訪れたパリの茶房を連想させるようなムード。くつろぐ妻の微笑も、パリに滞在するかのように見える明るさ。

梅雨空の燃えないゴミに娘より小さくなりしぬいぐるみ見ゆ

読売歌壇　俵万智選

【評】娘のほうが大きくなったと表現したら、意味は同じでも、この寂しさは出ない。「燃えない」ゴミと詳しく言うことで、ただのモノになったぬいぐるみの悲哀が、強調された。

約束のビルのロビーはキーを打つ音のみ充つる薄墨のごと

読売歌壇　俵万智選

そそくさと空席みつけ座りたる我を笑へよ昔の俺よ

産経歌壇　伊藤一彦選

その人の全存在を消すようで削除できないメールアドレス

東京歌壇　佐佐木幸綱選

ポイントが貯まるすなはちどこやらに神のごときがわれを把握す

日経歌壇　栗木京子選

夏を待つトマトの苗はマンションに雨をすすれり真夜中の都心

読売歌壇　俵万智選

純白の波の砕くる一瞬のやうに飛びたつ鳩の広島

NHK学園古今伝授の里短歌大会　特選　大塚寅彦選　中日新聞社賞

【評】八月六日の広島の平和記念式典では平和の象徴である千羽の白鳩が放たれる。その一瞬を純白の怒濤と見た感性が光る一首。消え去ることのない〈ヒロシマ〉への強い思いがうかがわれる。

◀八月

胃と腸が途切れるごとし梅雨寒の埼玉県庁さいたま市にあり

産経歌壇　小島ゆかり選

【評】「埼玉県庁」が、なぜか平仮名表記の「さいたま市」にある違和感。それを「胃と腸が途切れるごとし」と比喩した。まことにユニークで、うまい。梅雨寒も効果的。

文庫本しづかにひらく両隣り朝の電車の一つ幸せ

日経歌壇　岡井隆選　二〇〇七年秀作

【評】「両隣り」は気になるもの。「文庫本」よむ人でよかった。

鍵穴にカギをさしこむほのかにもエクスタシーの夏の扉《と》ひらく

読売歌壇　小池光選

楽員のすべて去りにし舞台にはシュバルツバルトとなりし黒椅子

毎日歌壇　篠弘選

自らを爆弾となし死ぬ人のつひに知らぬべし病室の匂ひ

産経歌壇　伊藤一彦選

◀九月

遺伝子も背伸びするかなむむむむと昼寝のあとの朦《おぼろ》のあたま

朝日歌壇　永田和宏選

【評】上句の大胆さは特に私には新鮮。そうか昼寝のあとの朦朧とした頭では、遺伝子も伸び切っているのか。

石蹴りの石はいづこへ真夏日の高層ビルのガラスの反射

毎日歌壇　河野裕子選

東京の真夏の地下を貫ける鉄路しんしん世界は冷える

日経歌壇　岡井隆選

うらうらと胸をふるはすフランスのうすくれなゐの音韻あはれ

ＮＨＫ学園別府短歌大会　佳作　石田比呂志選

あまやかに色ゆらゆらと水蜜の果肉のごとく終はる若夏

ＮＨＫ学園別府短歌大会　佳作　恒成美代子選

便所てふ表示堂々海匂ふ田舎の駅はからんと晴れる

産経歌壇　小島ゆかり選

乗鞍を貫通したるトンネルをバスは抜けゆく晩夏を曳きて

東京歌壇　佐佐木幸綱選

◀十月

女子アナにウシオミサキと読まれたる潮岬のかなしみ思へ

毎日歌壇　篠弘選

睡眠の三度も四度も切られたる脳を支へて一歩踏みだす

産経歌壇　伊藤一彦選

アパートに警官の着きし部屋のあり奥には愛とか夢とか死体

読売歌壇　小池光選

コンビニの具体名としてローソンのほどよき長さ人生の秋

産経歌壇　小島ゆかり選

◀十一月

中世を囲む回廊やはらかに秋の陽射しが歩みてゐたり

毎日歌壇　河野裕子選

【評】いい感覚。雰囲気がある。

黒髪を栞《しおり》となしてフィレンツェの秋のホテルのロビーの椅子に

産経歌壇　小島ゆかり選

虫の音のすだく故郷《ふるさと》ゆくりなく蘇《よみがえ》るなり「百万人の英語」

読売歌壇　小池光選

新宿から定規を引きしそのあとが中央線とぞ地図にたしかむ

毎日歌壇　篠弘選

体育の日にさむざむと雨の降るかなしき移動祝祭日かな

産経歌壇　小島ゆかり選

◀十二月

秋天に稲穂みのれりみどりごは風に吹かれて笑ふのが好き

第十二回いのちを育む大地へのうた　準大賞　馬場あき子選

【評】秋天にみのる稲穂を背景とした風景の大きさの中で、稲の香のする風に吹かれているみどりの子の笑いが新鮮。二句切れの下句の口語が生きている。

銃のごときビデオカメラが狙ふなかわれらは昇るエスカレータに

毎日歌壇　篠弘選

【評】街の人間の表情や行動は、いまや確実に追跡されている。「銃」の比喩が的確で、威嚇され狙撃されるようだ。

手にとりてしばらく眺む低脂肪海洋深層水入りキャットフード

産経歌壇　小島ゆかり選

二〇〇八年

元日の夜の電車に二人ゐてふたりでゆれる蛍籠かな

日経歌壇　岡井隆選

【評】「蛍籠」のような「二人」であるということで「元日」からそんなことでいいのかは他人の知らぬこと。

半袖の若きも歩む晩秋に大和三山いつかは孤島

読売歌壇　俵万智選

次の角曲がれば去年のクリスマスあるやうな気がするクリスマス

産経歌壇　小島ゆかり選

潮の香のなくとも佇《た》てりペンギンは池のほとりの水族館に

東京歌壇　佐佐木幸綱選

どどっとうどんにかける冬の日の万能ネギの博多駅かな

朝日歌壇　馬場あき子・永田和宏選

【評】「万能ネギ」は福岡県がふるさと産地のネギの名。万能の効あるようで面白い。初句のオノマトペも効果的。（馬場）

されどゆつくりと墓の中に眠りたし千の風へと千切れるよりも

産経歌壇　伊藤一彦選

【評】例の曲の大ヒットで、投稿歌にも死後は千の風になりたいという歌が多かった。しかし、作者は違う。ブームに敢えてさからう精神が輝く一首。上の句の破調も大胆である。

語り部のごとく家族を集めしは雪のふる夜の大きな火鉢

読売歌壇　俵万智選

【評】家族が輪になって、肩寄せあうように過ごす時間の豊かさ。その中心にある火鉢をたとえた「語り部」という懐かしい語が、一首の雰囲気をピタッと決めた。

わんわんと机の下に泣きゐるは温風機なり夜半の書斎に

毎日歌壇　篠弘選

【評】夜更けに続ける仕事が、思うようにはかどらない。苦労を代弁するように、かつ励ますように鳴る温風機の音。

同じ夢ひとはふたたび見ることもなくて毎朝起きて会社へ

日経歌壇　岡井隆選

【評】たしかに人は全く「同じ夢」をみることはない。あたり前のことを歌っていて人に考えさせる歌。

日だまりを探して猫は眠るなり日本海まで大寒気団

毎日歌壇　河野裕子選

草臥《くたび》れた国語辞典に若き日の仕事に引きし見出しの手擦れ

毎日歌壇　篠弘選

短歌評の中に〈目線〉の語の見えて視線の作家ロブ＝グリエ逝く

朝日歌壇　高野公彦選

◀四月

玄関を開ければ春のゆふぐれが宅配便の人と届きぬ

産経歌壇　小島ゆかり選

地上よりギリギリ高きスカートの女子高生の集団マスク

東京歌壇　佐佐木幸綱選

逆立ちをしたまま歩く名前こそ　新銀行東京　首都大学東京

朝日歌壇　永田和宏選

方向性　遺憾　認識　結果的　大和言葉で謝りなさい

ＮＨＫ学園和倉温泉短歌大会　秀作　山田富士郎選　佳作　尾崎まゆみ選

炭酸の弾けるやうな声あふれ和食ランチの庭の新緑

ＮＨＫ学園和倉温泉短歌大会　佳作　尾崎まゆみ選

雑誌「ぴあ」買はなくなりし頃ならむネット帝国の揺籃期《ようらんき》なる

◀五月

毎日歌壇　篠弘選

朝な夕な波は生まれて消えゆけりあの海岸とこの海岸を

日経歌壇　岡井隆選

【評】こちらの岸とあちらの岸の朝波夕波。いろいろなことを思わせる景色。

街角のみずほ銀行看板の濁点ずれて痛し靴擦れ

読売歌壇　俵万智選

【評】「ず」の濁点がずれた状態と、靴擦れとが、なんとなくイメージとして重なってくる。取り合わせが、微妙にして絶妙な一首だ。

この夜は何をするのかコーヒーを淹《い》れつつ思ふ何をするのか

毎日歌壇　篠弘選

【評】みずから立案し、熟慮し、作業するという、孤立無援の生き方が増える時代。不意に己の存在が見えなくなる危うさ。

ヨーロッパ最古のカフェの角砂糖はかなくなりぬシベリア上空

読売歌壇　俵万智選

伊東屋にありても不思議ならざらむ天平の筆モダンデザイン

東京歌壇　佐佐木幸綱選

緑なす蚊帳を潜れば海ひろし兄は泳ぎぬわが背のうへを

第十四回与謝野晶子短歌文学賞　入選　伊藤一彦・河野裕子選

◀七月

言葉なきこころ人類を降りこめし雨そのときの音の純粋

日経歌壇　穂村弘選

【評】想像の大きさと認識の深さ。細部の実感表現に向かいがちなこの詩型には稀なタイプの秀作。

おそらくは東京最後の新しき地下鉄に乗る速し急行

東京歌壇　佐佐木幸綱選

【評】六月十四日に開通した東京メトロ・副都心線をうたう。はじめて乗ってみた、ちょっとした興奮が伝わる。私はまだ乗っていないが。

国道の錆びしくろがね歩道橋だれも渡らぬどこまでも梅雨

日経歌壇　穂村弘選

【評】「どこまでも」によって暗い色調のなかに独特の味わいが生まれている。

爆撃のあとの夏空いかならむパワーショヨベルの壊すマンション

毎日歌壇　篠弘選

切れ切れの昨夜《きぞ》の睡眠おだやかに縫ひあはすなり「ひかり」のなかで

毎日歌壇　伊藤一彦選

モノクロの映画ニュースのありしころ相撲、野球に闇のどよめき

東京歌壇　佐佐木幸綱選

濁音と半濁音のなかりせばもぬけのからのパンダなるかな

読売歌壇　俵万智選

あとがき

はじめて短歌をつくったのは、二〇〇一年三月である。冒頭の一首が朝日歌壇に掲載された。二〇〇〇年三月をもって、勤務先の広告会社を早期退職した。小説を書こうと思ったからだ。一九八九年、第二回「日本推理サスペンス大賞」に応募し、最終候補作にのこった。大賞は、宮部みゆきが獲得し、候補作のなかには、翌年に大賞をとる髙村薫がいた。

妙な自信があったのだ。だから、あるミステリー賞に応募して、予選にものこっていないと知ったとき、計り知れない衝撃を受けた。

そもそも短歌をつくるつもりはなかった。小説にとりかかると同時に、俳句をつくりはじめていた。歳時記を読み、季語に親しみ、季節に敏感になることが、小説を書くうえでも役に立つと思い、新聞に投句をはじめた。

自負していたものがもろくも崩れ、空白のようになったとき、冒頭の歌が生まれた。ただし、俳句のつもりだった。しかし、季語のないことに気づき、次にあまりにも長いので捨てようとした。

ところが、なにを思ったのか、宛先を歌壇に変更して、そのまま投稿した。定型も踏まえず、そのときの気持ちのままに送られてきた作品を、島田修二が、選の最後にとってくれた。

掲載を契機に、短歌という詩型に、少しずつ、興味がわきはじめた。毎週の投稿がはじまった。古本屋に売るつもりだった岡井隆の『現代百人一首』（一九九六年　朝日新聞社）は、すんでのところで難をまぬかれた。

四月、ザッピングの最中に、ＮＨＫのＢＳ放送で、何人かの歌人が集まり、歌を披露する歌会を目にした。主宰は、河野裕子といった。彼女は、参加者のひとりの提出した歌のなかにある「石榴口」という言葉を、他の参加者が勘違いしたことをやんわりとたしなめ、かえってつよく印象にのこった。

次の日、毎日新聞を読んでいたら、短歌欄の選者に同じ名前を発見した。永いあいだ購読しているのに、それまでまったく気づかなかったのだ。興味のない人にとって、新聞の短歌・俳句欄は、あれどもなきに等しい存在なのである。よし、この人にも投稿しよう。投稿は、二紙にふえた。

河野裕子から電話があったのは、五月の半ばである。小説賞をとる目論みは外れ、鬱々とした気分が続いていた。彼女は投稿歌を誉めてくれ、同時に問題点も指摘した。そして、六月十日、作品が掲載された。会社に勤めていれば、ボーナスの出る日。みじかい評がついていた。その言葉が、私にとっては、なによりうれしいボーナスであった。

歌をはじめてみると、定型の器がつぎつぎと言葉に居場所をあたえてくれた。五七五七七、わずか三十一音の世界なのに、深みがあり、広がりがあり、短編小説のようにも、ミステリーのようにも思えてきた。つくることが、面白くて仕方ない。しかし、毎週、投稿できる数は決まっている。ほかの新聞に目を向けた。

名前を知っている選者に、岡井隆がいた。かれの書いた『現代百人一首』を読んだばかりだったのも縁と、日経歌壇に送ることにした。投稿は、三紙となった。

投稿をはじめて、ときどき掲載されるようになると、だれかに教えたくなる。カミングアウトである。家族、親族、高校の同級生や、会社の同僚。すると、メールで感想などを送ってくれる人が出てくる。ここまでくると、もう退けない。そして、楽しい。東京歌壇の佐佐木幸綱に送ることにした。かれは朝日歌壇の選者でもあったが、まったく別の歌なので問題はない。投稿は、四紙となった。

生まれてはじめて買った歌集は、ご多分にもれず、俵万智の『サラダ記念日』である。初版をもっている。この大ベストセラーの初版をもっていることは、歌をつくる人たちのあいだでは、いまや、ちょっとした自慢になるらしい。つまり、短歌に縁遠い人たちが、まず初めに手にしたということか。

銀座の書店で平積みにしてある『サラダ記念日』を手にとり、すぐに買った。当時、私は広告会社でコピーライターをしていたので、一読、広告に使えると直感。担当していたクライアントに提案するために、出版社にコンタクトをとった記憶がある。しかし、結局、提案は日の目をみなかった。

今度は、短歌の世界で彼女とつながりができればうれしいと思うようになった。読売歌壇では、大正生まれの三人の選者の末席に、孫みたいな感じですわっていた。投稿は、五紙となった。

新聞歌壇には、複数の選者がいる。朝日以外は、選者を指定して投稿する。だれに歌を送るか。基準のひとつが、世代的に近い人だった。同じ時代の空気を吸っていれば、こちらの思いも伝わりやすいのではないか。短歌のアンソロジーなどを読みはじめると、選者の年齢や略歴など、さまざまな情報を手に入れることができた。

河野裕子と永田和宏が、夫婦であることも、歌集や短歌誌を読むうちに、知るようになった。ただ、ひとつ屋根の下に住む選者それぞれに歌を送ることが、なんとなく恥ずかしく思えて、最後までためらっていたが、新しい年を区切りに、産経歌壇の永田和宏にも送ることを決めた。投稿は、六紙となった。

歌を詠んでいくうちに、言葉には二種類あることに気づいた。外に在る言葉と、内に在る言葉である。

前者はメディアなどに氾濫しているもので、それをそのまま使って歌をつくると、ありふれた「ニュース詠」になってしまう。社会詠と呼ばれる歌にするには、外の言葉を一度、内に取り入れて、きちんと咀嚼する必要があると思うようになった。

後者は、自分の頭のなかにあって、思ったり、感じたり、あるいはメールを書いたりするものだが、これもそのままだと、相手を考えない、自己主張するだけの「俺歌」になってしまう。実感のこもった日常詠にするには、内に在る言葉をいったん外に置いてみることが大切。そこで、はじめて読み手とのあいだに、橋が架かる。

とはいえ、言うは易し、行うは難し。毎週、毎週、投稿した歌のほとんどは、没になってしまう。そのたびに、紙上で確認することは、かなり辛いことである。

それでも投稿をやめないのは、きわめて少数ながら固定読者（！）がついているからである。家族、親族、友人などだが、会社の先輩が、年賀状に、新聞できみの名前を探すのが楽しみだ、などと書いてきてくれると、ことしもがんばろうと気合いが入るのである。

さらに、新聞であれば、全国どこでも、掲載された自分の作品を見ることができる。歌が掲載された紙面を眺めつつ、旅先のホテルでとる朝食が、ことに味わい深くなるのは、いうまでもない。一度、飛行機のなかで配られる新聞で、自分の名前を発見したときなど、それこそ天にも昇る気持ちであった。

結社には入っていない。毎週、六紙に投稿しつつ、毎月、結社で求められる歌数を、規定にしたがって提出していくのは、難しい。それに、結社というのは、いかにも、かたくて、こわい。字面を見ても、会社よりきつい。会うより、結ぶのか。発音も、ケッシャと、切るように鋭い。さらに、結社と聞けば、ふつうの人は、その上に、秘密という帽子をのせて眺める。マフィアか、フリーメイソンか。会社を辞めたと思ったのに、また結社ではなあ、と思ったのも確かだ。

しかし、結社というのは、水泳教室のようなもので、きちんとしたフォームを教えてくれるコーチ、先輩がいるという意味では、はやい上達、短歌賞をねらえる実力を獲得するならば、無所属でいるよりも、ずっとはやくて確実だと思う。さらに、最近、思うようになったのは、結社とは、人と人が会って、言葉を中心に置いて、コミュニケーションが広がる貴重な場ではないのか。いってみれば、職場、学校、家庭以外の、もうひとつの大切な「言場」なのである。そこに、月々に換算すると、千円程度の会費で参加できるとは、けっこうお得かもしれない。

結社という名前はやめよう、という声は歌人のなかにもある。小池光は、短歌総合誌で、結社とは、「正確に言うと『会員制短歌雑誌発行団体』」と発言しているが、実用にならないと自ら認めている。（「歌壇」二〇〇七年六月号）

短歌社、ではどうだろうか。いまの結社のもつ組織性を保ちつつ、ひらかれたイメージが出てくるように思える。俳句の場合も結社というが、俳句は短歌よりもずっと結社性がつよいようなので、結社は俳句にまかせて、短歌社という看板を掲げていれば、私もふらふらと門を叩いていたかもしれない。

投稿を各紙にはじめてから、朝日歌壇に載る歌が、すべて現代かなづかいであることに気づいた。さて、面妖な。絶対に旧かなでは載らないのか。有名歌人の歌を引用するかたちで、トライしたことがあるが、歌そのものがよくなかったのか、没。朝日で旧かなにお目にかかることは絶えてなかった。

新聞各紙の仮名づかいについて、実作・評論に定評のある片山由美子は、『俳句を読むということ』（二〇〇六年　角川書店）のなかで、次のように述べている。

「A紙は俳句は旧仮名、短歌は作家の自由、B紙はどちらも自由、つまり、一人の選者の選ぶ作品に旧仮名・新仮名が混じっている。また、C紙は俳句は旧仮名、短歌は新仮名に統一しているため、それぞれ新仮名、旧仮名で投稿しても、入選した作品は直されて掲載されることになる」

Ａ紙は、毎日。Ｂ紙は、読売。Ｃ紙は、朝日である。朝日が、新かなに統一しているのは、二年前に亡くなった近藤芳美の影響が大きかったと思われる。朝日歌壇の選者を五十年（！）つとめたかれは、選者になるにあたって、「それまで旧かなを使っていた自身の短歌も新かなに改めたほど、思いは深かった」。（二〇〇六年七月三十一日、朝日新聞の追悼記事）

しかし、今年三月三十一日、紙面の文字が大きくなるのに合わせるかのように、朝日歌壇が旧かなを認めていることに、わが目を疑った（新かなに変更されることがわかっていても、黙々と旧かなで投稿を続けていた人がいたのだ）。この変更は、三か月後の紙面で、歌誌のかな特集を紹介する最後に、さらりとふれてあった。「半世紀に及んだ慣行『新かなのみ』に、このほど終止符をうった」（二〇〇八年六月三十日）。もし、近藤芳美が、在任三十年をひとつの区切りとして、後進に道を譲っていたら、どうだったか。いろいろ想像してみると、面白い。

歌の仮名づかいをどうするかは、実に悩ましい。知識のないまま歌の世界に迷い込んだ私は、深い考えもなく、新かなを使っていた。しかし、そのうちに、どうしても、新かなの表記が肌に合わない場面にぶつかるようになった。「あはれ」を「あわれ」と書くと、なんだか別の言葉になったような気がするのだ。「をり」を「おり」、「ゐし」を「いし」と書いてしまっては、そこらじゅうむずかゆくなってくる。生理的な拒絶反応が、どうしても出てくる。

短歌のアンソロジーを読むうちに、岡井隆、馬場あき子の歌に、新かなの作品があることを知って驚いた。調べてみると、初期のころは、ふたりとも新かなで歌集を出していた。仮名づかいによって、詠まれた時期がわかるのだ。新かなと、旧かな。表記をめぐっては、歌人もずいぶん悩むようだ。新↓旧の人もいれば、旧↓新の人もいる。それぞれに意図があり、また歌をつくる感触も変わってくるという。

投稿をはじめて一年ほどたったころ、河野裕子選の桜の歌を読んでいたら、「匂い」が「匂ひ」にそっと直されていた。歌は、やはり旧かながいいでしょ、と言われているような気がして、基本は旧かなと一旦は決めた。しかし、当時、朝日歌壇はどんなことがあっても、新かなである。混在は、朝日を含む複数紙に投稿する限り、避けられない。それから、選者の採用している仮名づかいを考慮して、新旧を決めることにした。しかし、同一紙で複数の選者に投稿するようになってからは、新聞ごとに仮名づかいを統一する必要に迫られた。というのも、ごく稀に、同一紙の複数の選者に投稿して、同時に掲載される場合があるのだ。仮名づかいが異なっていると、読者に妙な印象をあたえる。

ニュアンスや意味の違いを明らかにするには、旧かなの方がゆたかだ。たとえば、「あい」と「あゐ」が異なる意味を示すことなど、旧かななら、わかる。一方、「ちょっと」を「ちよつと」、あるいは「きゅるきょる」といった擬声語を「きゆるきよる」と旧かなで表記すると、間延びしてずいぶん印象が違ってくる。ただ、旧かなの普及や習得は、一昔前にくらべれば、はるかに容易にできる環境になっている。旧かなに自動変換できるメールソフトを作成し、ケータイに載せればいい。手のひらから普及は一挙にすすみ、旧かなによる芥川賞も夢ではないだろう。

いい歌とは、なにか。私の場合、次の三条件にかなっていることである。見て、きれい。聞いて、きれい。読んで、きれい。

見て、きれい、とは表記である。かなと漢字のバランス、全体のなかでの配分、位置、画数など、ひとつのタブローとして見た場合、美しく、気持ちのよい状態になっていることである。

聞いて、きれい、とは音である。濁音、半濁音と清音のバランス、リズム感、音と音のつながり、なめらかさ。母音の響きの連関と、暗さと明るさの配合。ひとつの音楽として聞いた場合、まさしく歌になっていることである。

読んで、きれい、とは、内容がよく通る、ひとりよがりになっていない、対象が汚濁にみちていても、言葉を選んで使っていることである。きれい、とは、いいことだけを歌うわけではない。社会の不正、ひとびとの憤りを詠んだとしても、自分だけの言葉にならず、読み手に訴えるちからが存在することである。

音について、ひとつの実験をしたことがある。ある短歌賞に応募したとき、五十首すべてを、清音で構成したのである。つまり、濁音、半濁音を使用せずに、連作をつくりあげた。なにか新しいことをしてみたいという、広告制作者ならだれでももつ情熱が、短歌史上、おそらくだれもやったことのない試みに走らせてしまった。制約に苦しみ、戸惑い、しかし完成までの半年あまり、楽しくて仕方なかった。ところが、残念なことに、この画期的問題作（！）は、編集部の段階で落とされて、選考委員の目にふれることはなかった。その時期の選考委員は、その賞の歴史において、はじめて四人とも清音であったのだが。

この連作は、しかし、新奇さだけをねらったわけではない。清音のみということになると、「ごとし」「ごとく」「わが」「ば」など、短歌において頻出する語句が使えなくなる。「思い出」「希望」「窓」「夕べ」などの名詞も使えないし、形容詞、副詞、動詞など、考えれば枚挙にいとまがない。「窓」と書かずに「窓」を詠む。たいへんだが、その後の歌づくりに、どこかで役に立っているようだ。

せっかく手塩にかけた連作なのに、だれの目にもふれずに消えていくのはかわいそうな気がしたので、いくつかの歌は、ちょうどお中元の食料品セットを、時期がすぎたら解体してバラ売りするように、単独で新聞歌壇などに応募した。そのなかの三首が、この選集のなかにあるのは、とてもうれしい。

五十首をすべて清音でつくるという無謀な試みであったが、思わぬ収穫もあった。それは、濁音の役割を見直したことである。濁音は、その名のせいか、あるいは音そのものがもっている響きのせいか、短詩型の世界では、あまり好まれていない。藤田湘子という硬骨の俳人は、自ら主宰する俳誌では、「で」を使うことを禁止していたほどである（『句帖の余白』二〇〇二年　角川書店）。

ところが、すべて清音で構成された五十首を、繰り返し読んでいると、喉がからからに渇いてしまうのである。これは、不思議なことだった。ためしに、清音だけで構成された歌を五十ほど集めて、読んでみるといい。予想もしなかった喉の渇きに、驚くはずである。

専門的なことはわからないが、濁音は、水分補給の役割をする音ではないか。適度に清音のあいだに混じることで、言葉が淀みなく、きれいに流れてゆくのだと思う。そう考えると、濁音というより、潤い音と呼んでやりたくなるくらい、いとおしい存在になってくる。

清音だけで歌をつくることは、それほど難しいことではない。しかし、濁音だけで、つくれるだろうか。ためしに一首つくってみた。もし「濁音短歌大会」というものがあれば、ぜひ応募してみたい（小文字、音引きは、可とした）。

駄々爺《だだじじ》が駄々婆《だだばば》が耳朶午後《じだごご》ドブだギザギザ馬具《ばぐ》だだがぶぶじゃぶぶ

年齢がすすんでから、歌をはじめると、なにしろ憶えられない。つくった歌は、その場で、すぐメモしておかないと、三秒後にはどこかに消えてしまっている。先人の秀歌、名歌も、暗記できないから、何度もアンソロジーや歌集をひらくことになる。ただ、そのたびに、寄り道して新しい発見もあるから、悪いことではないが。

若いうちにはじめていればよかったと、つくづく思うが、いまさら仕方がない。だから、せめて、いまの若い人たちには、日本のすぐれた詩歌を暗誦できるようになってほしい。

英語教育は小学生からなどという愚劣なことは、やめてほしい。英会話など、大人になってからでも十分間にあう。自動翻訳機能のついたケータイさえあるのだ。それよりも、母語としての日本語の基礎をしっかり固めることだ。

もし、外国語にふれる機会を、子どものうちからふやすなら、やはり暗誦である。これなら、いつまでも頭と体にのこる財産となる。英語、フランス語、ロシア語をはじめ、アラビア語まで、一つずつでいいから、暗誦できるようにする。その言語を使う人なら、ほほうと目をまるくするような詩歌のアンソロジー「原語による子どものための世界の詩歌」。そんなCD付きの本が一冊あればよい。

ある日、フィレンツェを観光している大学生たちが、ダンテの詩を一行ずつ口に出してつないでいったら、驚きとブラボーの拍手が鳴り止まぬだろう。集団でする落書きは顰蹙ものだが、こんなサプライズは日本のイメージをどれだけ高くするか、考えただけでも、すてきな気分になってくる。

もちろん、詩歌は、こんな実利的な動機で学ぶものではないだろう。しかし、日本のみならず、世界の言葉の豊かさを、国民ひとりひとりが子どものうちから身につけていれば、世界のどこに行っても、大いに歓迎されるはずだ。あるいは、百人一首を交互に語ることで、若者のあいだに恋さえ生まれるかもしれない。戦争反対と声高に唱えるより、石垣りんの「弔辞」という詩を胸に響かせることの方が、おそらく何倍も抑止力になるだろう。

言葉でコミュニケーションする楽しさと広がりを知れば、世の中を騒がす凶悪事件のいくつかは防げるのではないか。まず、言葉にすること。それを受け止める人がいること。そんな環境が、ひとりひとりにあれば、と思うことしきりである。言葉をひとにひらくことが、いまほど大切な時代はないと思う（土浦で無差別殺傷事件を起こした犯人は、自らふたつのケータイをもち、そのあいだでメールを送ったという。「私は神だ」と。これは、究極の言葉の窒息状態である）。

短歌という詩型の奥の深さに、あらためて気づいたのは、二〇〇四年の春に入院したときである。定期検診で異状が見つかり、すぐに入院して、手術することになった。入院前夜は、もう帰ってこられないかもしれないという不安で、自分がどこかに飛んでいってしまいそうな心理状態になった。そのとき、混乱した思考を受け止めてくれたのが、短歌である。つぎつぎとわいてくる思いを、定型の器に収めると、不思議に落ち着くことができた。

全身麻酔の手術が終り、ベッドで何本もの管につながれていたときも、短歌なら書ける。寝返りを打つのが苦しくても、手帳に歌を書きつけることはできる。季語を考慮することなく、自分の思いの丈を受け止めてくれる短歌という器の、なんと頼もしくて、使い勝手のよいこと。定型の伝統に感謝するしかなかった。病気の方は、もう少しで五年生存率をクリアできるところまできた。そして、いまでは、投稿した歌が、ときどき掲載されることが、固定読者のみなさんにとって、元気にやっている知らせのようになっている。

二〇〇四年の晩春から初夏にかけて投稿した歌は、この大病に題材をとったものが多い。そして、いま、選者にとっていただいた歌を読みかえすと、そのころのことが、鮮明によみがえってくる。映像や言葉だけではなく、空気や匂いといった、どんなデジタル機器でも収められないもの。挫けそうになるときに、短歌を詠むことは、私のこころを励まし、支えてくれた。この詩型に出会っていてよかったと、つくづく思うのである。

投稿は、ワープロで印字するが、初稿は手書きである。手の運動が、なにかを生むという実感をあたえてくれる。手帳や、手近にあるメモ用紙。記憶の逸失と戦いながら、鉛筆、ボールペン、そのあたりにあるもので書きなぐる。ケータイでメモすることも試みたが、これはダメである。時間はかかるし、書いているうちに、気のせいか、軽体短歌になってしまうのだ。

投稿歌は、選者名の明らかでないもの、つまり各種の大会などで入選しただけの歌は掲載しないなど、作者において絞り込みも行ったうえで、掲載月の順にならべた。月のなかでは順不同である。また、作者の実際の生活とは、かならずしもリンクしていない。たとえば、会社を辞めるときの歌は、実際よりもずっと遅れて投稿し、掲載されている。その他、記憶の断片を再構成したり、文芸上の操作を加えたものも、当然ながら存在している。

一部の歌については、選者の了解を得て、掲載時とは異なる表記に変えた。基本的には選者ごと、新聞ごとの統一を考えたものだが、完全には徹底されていない。また、送りがなについても、統一されていない語句があるが、その歌にとって、もっともふさわしい表記を採用していると、ご理解いただきたい。

これは歌集ではあるが、いずれも投稿入選歌ということで、投歌選集という新しい仕立てにすることにした。全体の三分の一ほどには、選者の評がついているので、これから歌をはじめる人、いま投稿を楽しんでいる人にとって、いくらかでも参考になれば、こんな幸せなことはない。

タイトルの「過去未来」は、岡井隆選の歌（二〇〇五年六月）によった。イタリア語を少し学んだことがあり、文法の勉強をしたときに、この魅力的な言葉を知った。

過去未来。過去における未来。正確には、条件法過去の一用法。過去において未来を想像し、実際には異なっていること。

もし、若いときに歌を知っていたならば、もっといい歌を詠むことができただろうに（しかし、実際にはそんなことはない）。一例をあげれば、こんな使い方だ。

それにしても、毎週、毎週、いつはてるともなく送られてくる投稿を、しっかりと受け止め、あるときは選に入れ、あるときは評を書いてくださった新聞歌壇の選者の皆様をはじめ、選者索引に名前をあげた歌人の方々には、なんとお礼を申し上げてよいかわからない。とりわけ、選評の転載を快諾された歌人の皆様には、衷心より感謝いたします。

装画と装幀は、電通の後輩で、アートディレクターとして活躍され、現在は気鋭の日本画家として知られる伊藤哲氏にお願いした。氏はこころよく引き受けてくださり、本文のレイアウトまで、腕をふるってくださった。また、河出書房新社では、小川哲氏、橋口薫氏にひとかたならずお世話になった。記して謝する次第である。

与謝野晶子短歌文学賞の作品は、産経新聞の一面コラム「産経抄」（二〇〇五年六月四日）ならびに読売新聞「編集手帖」（二〇〇六年九月二十一日）に紹介していただいた。また、二〇〇七年度の日経歌壇秀作（岡井隆選）は、日経新聞「春秋」（二〇〇七年十二月二十九日）に引用された。各コラム子に、あらためてお礼を申し述べたい。

最後になったが、毎週、いつ掲載されるかと、新聞をチェックしてくださっている、わが固定読者の皆様の忍耐にも、こころよりありがとう。そして、そんな投稿生活を見守ってくれた家族のみんなにも。ときどきは、題材にしたが、許してくれたまえ。

吉竹　純

二〇〇八年十二月

選者別索引

吉竹　純（よしたけ・じゅん）
一九四八年、福岡県生まれ。七二年、東京外国語大学フランス語科卒業、㈱電通入社。八七年、第三十五回朝日広告賞（ミノルタカメラ）。八九年、第二回「日本推理サスペンス大賞」最終候補作「もう一度、戦争」。二〇〇〇年、㈱電通退社。コピーライター。〇二年、毎日歌壇賞（河野裕子選）。〇五年、第十一回与謝野晶子短歌文学賞。〇五年、読売歌壇年間賞（俵万智選）。

投歌選集　過去未来

二〇〇八年一二月二〇日　初版印刷
二〇〇八年一二月三〇日　初版発行

著　者　吉竹純
装　画　伊藤哲
発行者　若森繁男
発行所　株式会社　河出書房新社
東京都渋谷区千駄ヶ谷二−三二−二
電話　〇三−三四〇四−一二〇一（営業）
　　　〇三−三四〇四−八六一一（編集）
http://www.kawade.co.jp/
組　版　KAWADE DTP WORKS
印　刷　凸版印刷株式会社
製　本　小泉製本株式会社

ISBN978-4-309-90814-4
Printed in Japan